WITHDRAWN

ALFAGUARA
CLÁSICOS

La jirafa, el pelícano y el mono

Título original: *The jiraffe and the pelly and me*

Primera edición: noviembre de 2015
Primera reimpresión: abril de 2016

D. R. © del texto: Roald Dahl Nominee Ltd, 1964
http://www.roalddahl.com

Edición original en castellano: Santillana Infantil y Juvenil S.L.
D. R. © 2016, derechos de edición mundiales en lengua castellana:
Penguin Random House Grupo Editorial, S. A. de C. V.
Blvd. Miguel de Cervantes Saavedra núm. 301, 1er piso,
colonia Granada, delegación Miguel Hidalgo, C. P. 11520,
México, D. F.

www.megustaleer.com.mx

D. R. © 1987, Leopoldo Rodríguez, por la traducción
D. R. © 1985, Juan Ramón Azaola, por las ilustraciones

ISBN: 978-607-313-709-6

Impreso en México – *Printed in Mexico*

El papel utilizado para la impresión de este libro ha sido fabricado a partir de madera procedente
de bosques y plantaciones gestionadas con los más altos estándares ambientales, garantizando
una explotación de los recursos sostenible con el medio ambiente y beneficiosa para las personas.

Penguin
Random House
Grupo Editorial

ROALD DAHL

LA JIRAFA, EL PELÍCANO Y EL MONO

Ilustraciones de Quentin Blake

Traducción de Juan Ramón Azaola

ALFAGUARA

Las obras de Roald Dahl no solo ofrecen grandes historias…

¿Sabías que un 10% de los derechos de autor* de este libro se destina a financiar la labor de las organizaciones benéficas de Roald Dahl?

 Roald Dahl es muy conocido por sus historias y poemas, sin embargo hoy día no es tan conocido por su labor en apoyo de los niños enfermos. Actualmente, la fundación Roald Dahl´s Marvellous Children´s Charity presta su ayuda a niños con trastornos médicos severos y en situación de extrema pobreza. Esta organización benéfica considera que la vida de todo niño puede ser maravillosa sin entrar a valorar lo enfermo que esté o su esperanza de vida.

Averigua más sobre nosotros en www.roalddahl.com

 En el Roald Dahl Museum and Story Centre en Great Missenden, Buckinghamshire (la localidad en la que vivió el autor), puedes conocer muchas más cosas sobre la vida Roald Dahl y de cómo su biografía se entremezcla en sus historias. Este museo es una organización benéfica cuya intención es fomentar el amor por la lectura, la escritura y la creatividad. Asimismo, dispone de tres divertidas galerías con muchas actividades para hacer y un montón de datos curiosos para descubrir (incluyendo la cabaña en la que Roald Dahl se retiraba a escribir). El museo está abierto al público general y a grupos escolares (de 6 a 12 años) durante todo el año.

Roald Dahl's Marvellous Children's Charity (RDMCC) es una organización benéfica registrada con el número 1137409.

Roald Dahl Museum and Story Centre (RDMSC) es una organización benéfica registrada con el número 1085853.

Roald Dahl Charitable Trust, organización benéfica recientemente establecida, apoya la labor de RDMCC y RDMSC.

* Los derechos de autor donados son netos de comisiones

No muy lejos de donde vivo hay una casa de madera abandonada, vieja y misteriosa, que se alza solitaria a un lado de la calle. Siempre he deseado explorar su interior, y cuando curioseo por una de sus ventanas, todo lo que consigo ver es polvo y oscuridad. Sé que la planta baja fue en otros tiempos una tienda, pues en la fachada aún puedo leer un cartel descolorido en el que pone: «El Empachadero». Mi madre me ha dicho que antiguamente en nuestra región esa palabra significaba confitería, y ahora cada vez que la veo pienso para mis adentros lo preciosa que debió de ser esa vieja confitería.

En el escaparate alguien había escrito con pintura blanca las palabras «Se bende».

Una mañana me fijé que habían borrado el «Se bende» del escaparate y que en su lugar alguien había pintado «Bendido». Me quedé mirando el nuevo cristal y me dije que ojalá hubiera podido ser yo el que la hubiera comprado, porque entonces me hubiera dedicado a convertirla otra vez en un empachadero. Siempre he deseado

con todas mis fuerzas tener una confitería. La confitería de mis sueños estaría forrada de arriba abajo con Chupetes de Sorbete y Crujientes de Caramelo y Toffees Rusos y Delicias de Azucarillo y Masticables de Crema y miles y miles de otras glorias parecidas. ¡Hay que ver lo que yo hubiera hecho con ese viejo empachadero si hubiera sido mío!

En mi siguiente visita a aquel lugar, estaba yo contemplando desde la acera de enfrente el viejo y maravilloso edificio cuando de repente una enorme bañera salió despedida por una de las ventanas del segundo piso y fue a estrellarse en mitad de la calzada.

Poco después, un retrete de porcelana blanco que aún tenía sujeto su asiento de madera salió volando por la misma ventana y aterrizó, haciéndose añicos, al lado de la bañera.

Al retrete lo siguió un fregadero, una jaula de canario vacía, una cama con dosel, dos bolsas de agua caliente, un caballito de madera, una máquina de coser y Dios sabe cuántas cosas más.

Parecía como si un loco estuviera arrancando todo lo que había dentro, porque también caían zumbando desde las ventanas trozos de escalera, pedacitos de barandilla y montones de baldosas viejas.

Después se hizo el silencio. Esperé un buen rato, pero no salió ningún otro ruido del interior de la casa. Crucé la calle, me puse justo debajo de las ventanas y grité:

—¿Hay alguien en casa?

No hubo respuesta.

Al final empezó a anochecer, así que tuve que volverme andando a casa. Pero os podéis apostar la vida a que nada me iba a impedir volver corriendo a la mañana siguiente a ver qué nueva sorpresa me esperaba.

Cuando volví esa mañana me fijé, lo primero de todo, en la nueva puerta. La vieja y sucia de color marrón había desaparecido y en su lugar alguien había instalado una completamente nueva de color rojo. La puerta nueva era fantástica. Era el doble de alta que la anterior y resultaba rarísima. No podía imaginarme quién podría necesitar una puerta tan tremendamente alta en su casa a menos que fuera un gigante.

También habían borrado del escaparate el cartel de «Bendido» y ahora había un montón de cosas escritas sobre el cristal. Lo leí y releí, tratando de averiguar qué diantre significaban aquellas palabras.

Intenté captar algún ruido o signo de movimiento dentro de la casa, pero no hubo ninguno… hasta que de repente…, con el rabillo del ojo…, vi que una de las ventanas del último piso empezaba a abrirse lentamente hacia fuera.

A continuación, una cabeza asomó por la ventana abierta.

Me quedé mirándola. La cabeza también me miraba, con unos ojos negros, grandes y redondos.

De repente, una segunda ventana se abrió de par en par y apareció algo muy curioso, un inmenso pájaro blanco que, de un salto, se quedó encaramado en el alféizar. Supe qué animal era por su increíble pico, que parecía una enorme palangana de color naranja. El Pelícano me miró desde arriba y se puso a cantar:

Por comer estoy ansioso
un pescado bien sabroso.
Sólo deseo probar
ese plato delicioso.
¿Estamos lejos del mar?

—Estamos muy lejos del mar —le respondí—, pero aquí cerca, en el pueblo, encontrarás a un pescadero.

—¿Un pesca… qué?

—Un pescadero.

—¿Y qué significa eso? —preguntó el Pelícano—. He oído hablar del pastel de pescado, del pudin de pescado y de los buñuelos de pescado, pero jamás de un pescadero. ¿Los pescaderos se comen?

La pregunta me desconcertó un poquito, y le dije:

—¿Quién es ese amigo tuyo que está asomado a la ventana?

—La Jirafa —me contestó el Pelícano—. ¿A que es maravillosa? Tiene las patas en la planta baja y asoma la cabeza por las ventanas del último piso.

Por si esto fuera poco, la ventana del primer piso se abrió de par en par y de repente apareció un mono. El Mono se quedó en el alféizar y empezó a bailar dando sal-

titos. Era tan delgado que parecía hecho con hilos de alam-
bre recubiertos de pelo. Bailaba estupendamente, mientras
yo le aplaudía y le animaba, bailando también para acom-
pañarle.

—Somos los limpiaventanas —cantaba el Mono.

Limpiamos su ventanal,
brillará como el metal
¡como destella sobre el mar el sol!
Rapidez y servicio,
dedicación y oficio.
¡La Jirafa, el Pelícano y yo!

Hay que ver para creer
lo que sabemos hacer.
¡Es increíble tanto fulgor!
Nos pondremos a limpiar
sin parar ni a merendar.
¡La Jirafa, el Pelícano y yo!

Usamos agua y jabón,
experiencia y atención,
¡pero jamás escaleras, no, no!
No las necesitamos,
a lo más alto llegamos.
La Jirafa, el Pelícano y yo.

Me quedé boquiabierto. Después oí a la Jirafa que le
decía al Pelícano desde la ventana de al lado:

—Pelícano, encanto, haz el favor de bajar volando y subirnos aquí a ese hombrecito para que hablemos con él.

El Pelícano desplegó sus enormes alas blancas inmediatamente y bajó volando hasta posarse en la calle junto a mí.

—Salta —dijo abriendo su enorme pico.

Me quedé mirando fijamente aquel gran pico naranja y di un paso atrás.

—Salta —gritó el Mono desde su ventana—. El Pelícano no te va a comer. ¡Súbete!

—Sólo entraré si me prometes que no cerrarás el pico cuando esté dentro —le dije al Pelícano.

—No tienes nada que temer —gritó el Pelícano.

Y la razón te la explico:
¡Tengo un sorprendente pico!
¡Un pico muy especial!
Nunca verás nada igual.
Su magia te va a cautivar,
salta dentro y déjate llevar.

—No saltaré ahí —le dije— hasta que no me jures por tu honor que no lo cerrarás cuando esté dentro. No me gustan los espacios pequeños y oscuros.

LA COMPAÑÍA
DE
LIMPIAVENTANAS
DESESCALERADOS

Consiga limpiar los
cristales de sus
ventanas sin aguantar
sucias escaleras
apoyadas en su casa

—Cuando haya hecho lo que estoy a punto de hacer, no podré cerrarlo —dijo el Pelícano—. Me parece que no entiendes cómo funciona mi pico.

—Explícamelo —le dije.

—Mira —gritó el Pelícano.

Ante mi asombro, vi cómo la mitad superior del pico del Pelícano empezaba a deslizarse suavemente hacia atrás, hacia la cabeza, hasta que desapareció casi totalmente.

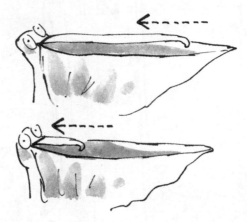

—Se repliega hacia dentro de mi cuello —gritó el Pelícano—. ¿A que es muy peculiar? ¿No te parece mágico?

—Es increíble —le dije—. Es exactamente igual que una cinta métrica que tiene mi padre en casa. Cuando está fuera se queda derecha; cuando la empujas hacia dentro, se pliega y desaparece.

—Así es —dijo el Pelícano—. Ya lo ves, la parte superior no la utilizo más que para masticar los peces. Lo importante es la parte inferior, jovencito. La parte inferior de mi maravilloso pico es el cubo donde transportamos el agua para lavar las ventanas. Por eso, si no pudiera replegar la parte superior, tendría que estar todo el día con el pico abierto.

Cuando voy a trabajar
me lo tengo que guardar,
y aun así, nunca me quedo callado.

Y donde quiera que voy
todos ya saben que soy
¡el Pelícano del Pico Patentado!

Si quiero comer pescado
(que es mi plato deseado)
bastará con un pellizco en este lado.

El pico se despliega en un segundo
y grita de entusiasmo todo el mundo:
¡el Pelícano del Pico Patentado!

—Ya está bien de presumir —gritó el Mono desde la ventana de arriba—. La Jirafa está esperando.

Trepé al pico naranja y el Pelícano, con un aleteo, me transportó hasta su sitio en el alféizar de la ventana.

La Jirafa me miró desde su ventana y dijo:

—¡Hola! ¿Qué tal? ¿Cómo te llamas?

—Billy —le dije.

—Bien, Billy. Necesitamos tu ayuda y la necesitamos ahora mismo. Tenemos que conseguir unas cuantas ventanas que podamos limpiar. Nos hemos gastado hasta el último céntimo en comprar esta casa y tenemos que ganar algún dinero rápidamente. El Pelícano está famélico, el Mono está desnutrido y yo me muero de hambre. El Pelícano necesita pescado, el Mono necesita nueces y alimentarme a mí es más complicado aún. Soy una jirafa geraniácea, y una jirafa geraniácea tan sólo puede comer las flores rosadas y purpúreas del árbol del retintín. Pero éstas, como seguramente sabes, son caras y difíciles de encontrar.

El Pelícano exclamó:

—¡Ahora mismo tengo tanta hambre que me comería una sardina rancia!

¿Ha visto alguien una rancia sardina,
o de bacalao una triste espina?
Me comería eso mismo en el acto,
pues del hambre no aguanto el impacto.

Cada vez que hablaba el Pelícano, el pico (en cuyo interior estaba yo) se agitaba alocadamente arriba y abajo, y, claro, cuanto más se excitaba su dueño, más se agitaba.

Luego dijo el Mono:

—Lo que en realidad le vuelve loco al Peli es el salmón.

—¡Sí, sí! —exclamó el Pelícano—. ¡Salmón! ¡Qué gloria, un salmón! Todo el día estoy soñando con él, pero nunca cato ni uno.

—¡Y yo sueño con nueces! —gritó el Mono—. Una nuez recién arrancada del árbol es algo tan goloso-rechupetil, tan aromático-sabroso, tan delicioso de comer que sólo con pensar en ello me quedo como flotando.

En aquel preciso momento, un amplio Rolls-Royce blanco avanzó justo hasta debajo de nosotros, y un chófer uniformado de azul y oro saltó de él. Llevaba un sobre en su mano enguantada.

—¡Cielos! —susurré—. ¡Ése es el coche del Duque de Hampshire!

—¿Quién es ése? —preguntó la Jirafa.

—El hombre más rico de Inglaterra —dije.

El chófer llamó a la puerta de El Empachadero.

—¡Estamos aquí arriba! —le gritó la Jirafa.

Miró hacia arriba y nos vio. Nos vio a la Jirafa, al Peli, al Mono y a mí, todos mirándole desde arriba, pero no se movió un solo músculo de su rostro, ni tan siquiera se alzó una de sus cejas. Los chóferes de los hombres riquísimos nunca se sorprenden por nada de lo que puedan ver. Entonces el chófer dijo:

—Su Excelencia el Duque de Hampshire me ha dado instrucciones de que entregue este sobre a la Compañía de Limpiaventanas Desescalerados.

—¡Eso somos nosotros! —gritó el Mono.

Y la Jirafa dijo:

—Tenga usted la bondad de abrir el sobre y leernos la carta.

El chófer desdobló el papel y comenzó a leer: «Estimados señores, vi su anuncio cuando pasaba por ahí en coche esta mañana. He estado buscando un limpiaventanas aceptable durante los últimos cincuenta años y aún no lo he encontrado. Mi casa tiene seiscientas setenta y siete ventanas (sin contar los invernaderos) y todas ellas están hechas una porquería. Tengan la amabilidad de venir a verme lo antes posible. Atentamente suyo, Hampshire».

—Esto —añadió el chófer con una voz transida de reverencia y respeto— lo escribió Su Excelencia el Duque de Hampshire de su puño y letra.

La Jirafa le dijo al chófer:

—Por favor, dígale a Su Excelencia el Duque que estaremos con él lo antes posible.

El chófer se llevó la mano a la gorra y volvió a meterse en el Rolls-Royce.

—*¡Yuupiiii!* —chilló el Mono.

—¡Fantástico! —exclamó el Pelícano—. ¡Ése debe de ser el mejor trabajo de limpieza de cristales del mundo!

—Billy, ¿cómo se llama la casa y cómo se llega hasta ella? —dijo la Jirafa.

—Se llama Hampshire House —dije—. Está justo en lo alto de la colina. Os enseñaré el camino.

—¡Vamos! —gritó el Mono—. ¡Vamos a ver al Duque!

La Jirafa se agachó y salió por la altísima puerta. El Mono saltó del alféizar de la ventana al lomo de la Jirafa. El Pelícano, conmigo dentro de su pico jugándome la vida, alzó el vuelo y quedó encaramado justo en lo alto de la cabeza de la Jirafa. Y nos pusimos en camino.

No tardamos mucho en presentarnos a las puertas de Hampshire House, y a medida que la Jirafa avanzaba lentamente por la avenida principal del jardín, todos empezamos a notarnos un poquito nerviosos.

—¿Cómo es el Duque ese? —me preguntó la Jirafa.

—No lo sé. Pero es muy famoso y muy rico —le dije—. La gente dice que tiene veinticinco jardineros sólo para cuidar sus macizos de flores.

Pronto apareció ante nosotros la enorme mansión. ¡Menudo edificio! ¡Era como un palacio! ¡Qué digo, mayor que un palacio!

—Mira todas esas ventanas —gritó el Mono—. ¡Tenemos trabajo para toda la vida!

En ese momento oímos de pronto la voz de un hombre a escasa distancia hacia la derecha:

—¡Quiero esas negras grandes que están en la copa del árbol! —estaba gritando el hombre—. ¡Alcánzame esas tan grandes y negras!

Miramos por entre los arbustos y vimos al pie de un alto cerezo a un señor ya mayor con un inmenso mostacho blanco. Estaba apuntando con un bastón al aire. Había una escalera apoyada contra el árbol y otro hombre, que probablemente era un jardinero, estaba en lo alto de la escalera.

—¡Agárrame esas tan grandotas, negras y jugosas que están justo en la copa! —estaba gritando el hombre.

—No llego hasta ellas, Señor Duque —exclamó el jardinero—. ¡La escalera no es lo bastante alta!

—¡Maldición! —gritó el Duque—. ¡Tenía tantas ganas de comerme esas tan hermosas!

—¡Vamos allá! —me susurró el Pelícano, y emprendió un rápido vuelo que en un instante nos llevó a la copa del cerezo, donde se posó—. ¡Cógelas, Billy! —me dijo en voz muy baja—. ¡Cógelas rápidamente y pónmelas en el pico!

El jardinero se llevó tal susto que se cayó de la escalera. Debajo de nosotros se oyó gritar al Duque:

—¡Mi escopeta! ¡Traedme mi escopeta! ¡Algún maldito monstruo en forma de ave me está robando mis mejores cerezas! ¡Fuera de aquí! ¡Váyase! ¡Ésas son mis cerezas, no las suyas! ¡Lo mataré de un tiro por esto! ¿Dónde está mi escopeta?

—¡Deprisa, Billy! —me susurraba el Pelícano—. ¡Vamos, deprisa, deprisa!

—¡Mi escopeta! —le gritaba el Duque al jardinero—. ¡Tráeme mi escopeta, idiota! ¡Me comeré a ese ladronzuelo de pájaro para desayunar! ¡Verás cómo lo hago!

—¡Ya las he recogido todas! —le dije en un murmullo al Pelícano. Inmediatamente, el Peli hizo un vuelo en picado y aterrizó justo al lado del Duque de Hampshire, quien seguía dando saltos de rabia y agitando su bastón en el aire.

—¡Sírvase el Señor Duque! —dije asomándome por el borde del pico del Pelícano y ofreciéndole un puñado de cerezas al Duque.

El Duque se quedó estupefacto. Retrocedió un paso y los ojos casi se le salieron de las órbitas.

—¡Por Scott el Grande! —jadeó—. ¿Qué es esto, cielos? ¿Quiénes sois?

En ese momento, la Jirafa, con el Mono correteándole por la espalda, emergió súbitamente de entre los arbustos. El Duque los miró fijamente. Parecía como si fuera a darle un patatús.

—¿Quiénes son estas criaturas? —bramó—. ¿Es que el mundo entero se ha vuelto completamente chiflado?

—¡Somos los limpiacristales! —dijo el Mono, y se puso a canturrear:

Limpiamos su ventanal,
brillará como el metal
¡como destella sobre el mar el sol!

Para el Señor Duque trabajaremos
hasta que nos agotemos.
¡La Jirafa, el Pelícano y yo!

—Usted nos pidió que viniéramos a verle —dijo la Jirafa.

El Duque pareció comenzar a entender la situación. Se metió una cereza en la boca y empezó a masticarla lentamente. Luego escupió el hueso.

—Me gusta el modo en que habéis cogido esas cerezas —dijo—. ¿Podríais también recogerme las manzanas en otoño?

—Podremos, podremos. ¡Claro que podremos! —gritamos todos.

—¿Y quién eres tú? —dijo el Duque, apuntando con su bastón hacia mí.

—Es nuestro director gerente —dijo la Jirafa—. Se llama Billy. No vamos a ningún sitio sin él.

—Muy bien, muy bien —masculló el Duque—. Venid conmigo y veamos si sois de alguna utilidad limpiando ventanas.

Salté del pico del Pelícano y el anciano Duque me tomó amablemente de la mano mientras nos encaminábamos hacia la mansión. Cuando llegamos, el Duque dijo:

—¿Y ahora?

—Es muy sencillo, Señor Duque —replicó la Jirafa—. Yo soy la escalera, el Peli es el cubo y el Mono es el limpiador. ¡Mire!

Y entonces, la famosa banda limpiaventanas se puso en acción. El Mono saltó del lomo de la Jirafa y fue a abrir el grifo de riego del jardín. El Pelícano mantuvo su gran pico bajo el grifo hasta que se llenó de agua. Luego, con un maravilloso salto, el Mono volvió a colocarse en el lomo de la

Jirafa. Desde allí, con la misma facilidad con que treparía a un árbol, se encaramó por el cuello de la Jirafa arriba hasta quedarse balanceando en lo alto de su cabeza. El Pelícano se quedó a nuestro lado, mirando a la Jirafa desde abajo.

—Limpiaremos primero el primer piso —gritó la Jirafa hacia abajo—. Acerca el agua, por favor.

—No os preocupéis de los dos pisos más altos. De todos modos no podréis alcanzarlos…

—¿Quién dice que no? —exclamó la Jirafa.

—Yo lo digo —le contestó el Duque con firmeza—. No quiero que ninguno de vosotros se rompa el cuello intentando llegar hasta allí.

Si quieres caerle bien a una jirafa, nunca digas nada malo de su cuello. De todas las cosas de su propiedad, el cuello es de la que están más orgullosas.

—¿Qué pasa con mi cuello? —se revolvió la Jirafa.

—¡No discutas conmigo, pintoresca criatura! —gritó el Duque—. Si no puedes llegar, no puedes llegar y se acabó. Ahora continúa con tu trabajo.

—Señor Duque —dijo la Jirafa con una pequeña sonrisa de conmiseración—, no hay ventanas en el mundo que yo no pueda alcanzar con este cuello mágico que tengo.

El Mono, que estaba bailoteando arriesgadamente sobre la cabeza de la Jirafa, exclamó:

—¡Demuéstraselo, Jirafilla! ¡Ve y enséñale lo que puedes hacer con tu cuello mágico!

Y al momento, el cuello de la Jirafa, que ya de por sí era bastante largo, comenzó a crecer y a hacerse más largo…

y MÁS LARGO…

y MÁS LARGO…

y MÁS LARGO…

y   MÁS ALTO…

y   MÁS ALTO…

y   MÁS ALTO…

hasta que finalmente la cabeza de la Jirafa, con el Mono sobre ella, quedó al nivel de las ventanas del piso más alto.

La Jirafa miró hacia abajo desde aquella gran altura
y le dijo al Duque:

—¿Qué tal así?

El Duque se había quedado sin habla. Igual que yo. Era lo más mágico que había visto en mi vida, incluso más mágico que el Pico Patentado del Pelícano.

Por encima de nosotros, la Jirafa estaba empezando a cantar una cancioncilla, pero cantaba tan bajito que yo apenas podía captar sus palabras. Creo que era algo parecido a esto:

Mi cuello hasta muy arriba se puede estirar.
Más alto de lo que las águilas suelen volar.
Y si quisiera demostrar
hasta dónde puede llegar,
perderíais de vista mi cabeza, sin dudar.

El Pelícano, con su gran pico lleno de agua, voló hasta arriba y se posó en uno de los alféizares del piso más alto, cerca del Mono, y fue entonces cuando comenzó realmente la gran operación de limpieza de ventanas. La velocidad a la que trabajaba el equipo era asombrosa: tan pronto como una ventana estaba lista, la Jirafa llevaba al Mono a la siguiente, y el Pelícano los seguía.

Cuando todas las ventanas del cuarto piso estuvieron limpias, a la Jirafa le bastó con encoger su cuello mágico hasta dejar al Mono al nivel de las ventanas del tercer piso, con las que se pusieron a faenar inmediatamente.

—¡Alucinante! —exclamó el Duque—. ¡Asombroso! ¡Sorprendente! ¡Increíble! ¡Durante cuarenta años no he podi-

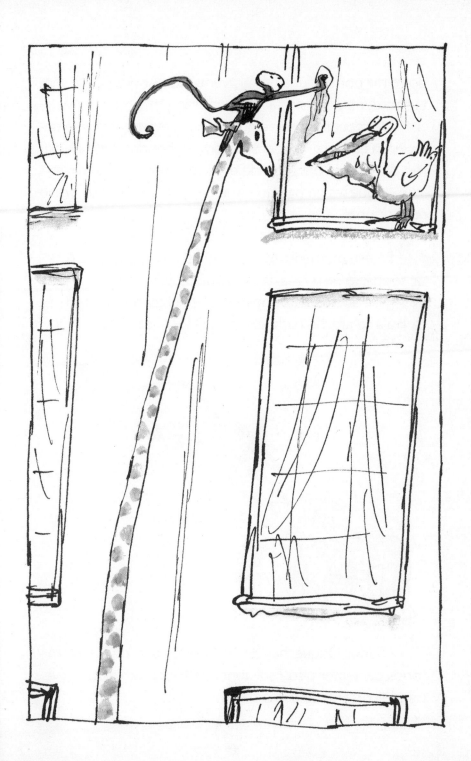

do mirar por ninguna de mis ventanas! ¡Ahora podré sentarme dentro y disfrutar del panorama!

De repente observé que los tres limpiaventanas se detuvieron en seco. Parecieron quedarse helados contra la pared del edificio. Ninguno de ellos se movía lo más mínimo.

—¿Qué les ha pasado? —me preguntó el Duque—. ¿Algo no funciona?

—No lo sé —respondí.

En ese momento, la Jirafa, con el Mono sobre su cabeza, se apartó de la casa moviéndose cautelosamente, de puntillas, y se acercó hasta nosotros. El Pelícano también bajó. La Jirafa se agachó hasta el oído del Duque y susurró:

—Señor Duque, hay un hombre en uno de los dormitorios del tercer piso. Está abriendo todos los cajones y vaciándolos. ¡Y tiene una pistola!

—¡Qué va a hacer ese loco de pájaro? —gritó el Duque.

—Espere un poco y ya verá —chilló el Mono—. ¡Contenga su respiración, anciano! ¡Contenga su olfato! ¡Contenga a sus caballos y mire lo que hace el Peli!

El Pelícano penetró como un proyectil por la ventana abierta, y cinco segundos después volvió a salir con su gran pico color naranja firmemente cerrado. Aterrizó en el césped, justo al lado del Duque. Desde el interior del pico del Pelícano llegaba un tremendo ruido, como si alguien estuviera empleando un martillo contra él desde dentro.

—¡Lo ha atrapado! —gritó el Mono—. ¡El Peli tiene al ladrón en su pico!

—¡Bien hecho, señor! —exclamó el Duque, saltando de excitación. De pronto, tiró del puño de su bastón, y del interior de éste salió un largo y brillante estoque.

El Duque, de un salto, se elevó un palmo sobre el suelo.

—¿Qué habitación? ¡Señálamela!

—Es aquella del tercer piso que tiene las ventanas abiertas —dijo la Jirafa con un murmullo.

—¡Por Angus! —exclamó el Duque—. ¡Ése es el dormitorio de la Duquesa! ¡Está buscando sus joyas! ¡Llamen a la policía! ¡Avisen al ejército! ¡Preparen la artillería! ¡Que cargue la brigada ligera!

Aún seguía gritando cuando el Pelícano se elevó por el aire. Mientras volaba, se giró y, poniéndose boca abajo, vació toda el agua de limpiar que había en su pico.

Luego observé cómo la parte superior de su maravilloso Pico Patentado se deslizaba hacia fuera, dispuesta a entrar en acción.

—¡Le daré un buen repaso! —exclamó esgrimiendo su estoque con estilo—. ¡Abre, Pelícano! ¡Déjame atacarlo! ¡Le daré su merecido a ese tipejo antes de que sepa lo que le ha pasado! ¡Lo traspasaré como si fuera un pedazo de mantequilla! ¡Sus mollejas servirán para alimentar a mis perros!

Pero el Pelícano no abrió el pico. Lo mantuvo firmemente cerrado e hizo un gesto al Duque con la cabeza.

La Jirafa exclamó:

—¡El ladrón está armado con una pistola, Señor Duque! ¡Si el Peli le deja salir nos disparará a nosotros!

—¡Puede estar armado con una ametralladora si quiere, que ya lo impediré yo! —bramó el Duque, con su espeso mostacho erizado como un haz de leña menuda—. ¡Ya me encargaré yo de ese sujeto! ¡Abra, caballero, abra!

De pronto se produjo un ensordecedor BANG y el Pelícano ascendió un metro por encima del suelo. Lo mismo le ocurrió al Duque.

—¡Cuidado! —gritó el Duque, mientras retrocedía rápidamente diez pasos—. ¡Está tratando de salir a tiros! —y apuntando con su espada al Pelícano, vociferó—: ¡Mantenga su pico cerrado, caballerete! ¡No se atreva a dejarle salir! ¡Nos matará a todos!

—¡Agítalo bien, Peli! —exclamó la Jirafa—. ¡Haz que traqueteen todos sus huesos! ¡Que aprenda a no volver a hacerlo!

El Pelícano sacudió su cabeza de lado a lado a tal velocidad que su pico se convirtió en un borroso torbellino, y el hombre que había dentro debió de sentirse como un huevo con el que se hace un revuelto.

—¡Bien hecho, Peli! —gritó la Jirafa—. ¡Estás haciendo un gran trabajo! Sigue agitándolo para que no vuelva a disparar esa pistola otra vez.

En ese momento, una dama de pecho opulento y flameante cabello anaranjado salió corriendo y dando gritos de la casa.

—¡Mis joyas! ¡Alguien ha robado mis joyas! ¡Mi diadema de diamantes! ¡Mi collar de diamantes! ¡Mis pulseras de diamantes! ¡Mis pendientes de diamantes! ¡Mis anillos de diamantes! ¡Se han llevado todo! ¡Mi habitación ha sido saqueada!

Y entonces aquella imponente mujer, que cincuenta y
nco años atrás había sido una cantante de ópera mun-
almente famosa, de pronto rompió a cantar:

¿Dónde están mis joyas?,
matarilerilerile;
¿dónde están mis joyas?,
matarilerilerón, chimpón.

Nos quedamos tan sorprendidos por la fuerza de los pulmones de aquella señora que todos los presentes, a excepción del Pelícano, que debía mantener su pico cerrado, nos sumamos al coro:

En el fondo del mar,
matarilerilerile;
en el fondo del mar,
matarilerilerón, chimpón.

—¡Cálmate, Enriqueta! —dijo el Duque. Señaló al Pelícano y dijo—: Esta inteligente ave, esta brillante criatura atrapa-ladrones lo ha solucionado. ¡Tiene al bandido en su pico!

La Duquesa fijó su mirada en el Pelícano. El Pelícano, a su vez, fijó su mirada en la Duquesa y luego le guiñó un ojo.

—Si está ahí dentro —gritó la Duquesa—, ¿por qué no le dejan salir? Así podrías darle un repaso con tu gloriosa espada. ¡Quiero mis diamantes! ¡Abre tu pico, pájaro!

—¡No, no! —gritó el Duque—. ¡Tiene una pistola! ¡Nos matará a todos!

Para entonces alguien debía de haber llamado a la policía, pues de repente irrumpieron en donde estábamos no menos de cuatro coches-patrulla haciendo sonar sus sirenas.

En pocos segundos nos hallamos rodeados por seis policías, a los que el Duque dio grandes voces:

—¡El canalla que estáis buscando está dentro del pico de esa ave! ¡Estad atentos para saltarle al cuello!

Y luego le dijo al Pelícano:

—¡Prepárate para abrirlo! ¿Estás preparado?… ¿Listo?… ¡Ya! ¡Ábrelo!

El Pelícano abrió su gigantesco pico e inmediatamente los policías se arrojaron sobre el ladrón, que estaba acurrucado dentro.

Le arrebataron la pistola, le sacaron fuera y le colocaron las esposas.

—¡Por el Gran Scott! —gritó el jefe de policía—. ¡Es «El Cobra» en persona!

—¿El quién? ¿El qué? —preguntaron todos—. ¿Quién es «El Cobra»?

—«El Cobra» es el más listo y el más peligroso ladrón-escalador de pisos que hay en el mundo —dijo el jefe de la policía—. Habrá trepado por la cañería del desagüe. «El Cobra» puede trepar por cualquier sitio.

—¡Mis diamantes! —chilló la Duquesa—. ¡Quiero mis diamantes! ¿Dónde están mis diamantes?

—¡Aquí están! —exclamó el jefe de policía, mientras extraía grandes puñados de joyas de los bolsillos del ladrón.

La Duquesa, de puro alivio, sufrió un desvanecimiento, cayéndose al suelo.

Cuando la policía se hubo llevado al temible bandido conocido como «El Cobra», y la desmayada Duquesa hubo sido transportada a su mansión en brazos de su servidumbre, el anciano Duque permaneció en el césped junto a la Jirafa, el Pelícano, el Mono y yo.

—¡Mirad! —gritó el Mono—, ese maldito disparo del ladrón ha hecho un agujero en el pobre pico del Peli.

—¡La hemos hecho buena! —dijo el Pelícano—. Ahora ya no me servirá para llevar agua cuando limpiemos las ventanas.

—No te preocupes por eso, mi querido Peli —dijo el Duque, dándole unas palmaditas en el pico—. Mi chófer te pondrá enseguida un parche ahí encima, igual que si arreglara un pinchazo de un neumático del Rolls. Ahora tenemos que hablar de cosas mucho más importantes que de un agujerillo en un pico.

Y nos quedamos aguardando lo que el Duque nos diría a continuación.

—Ahora, escuchadme todos —dijo por fin—. Esos diamantes valían millones. ¡Muchos millones! Y vosotros los habéis rescatado.

El Mono asintió. La Jirafa sonrió. El Pelícano se sonrojó.

—No hay recompensa lo suficientemente buena para vosotros —prosiguió el Duque—. Así que os voy a hacer una oferta que espero que os complazca. Y digo que invito a la Jirafa, al Pelícano y al Mono a vivir en mi residencia el resto de sus vidas. Os concederé mi mejor y más grande cuadra para que la uséis como vuestra propia vivienda. Calefacción central, duchas, una cocina y todo lo que podáis desear para vuestra comodidad será instalado allí. A cambio, vosotros mantendréis limpias mis ventanas y recogeréis mis cerezas y mis manzanas. Si el Pelícano lo tiene a bien, quizá quiera darme un paseo aéreo en su pico de vez en cuando.

—Será un placer, Señor Duque —exclamó el Pelícano—. ¿Quiere que demos una vuelta ahora?

—Más tarde —dijo el Duque—. Daremos una después del té.

En ese momento, la Jirafa tosió ligeramente y dirigió su mirada al cielo.

—¿Hay algún problema? —preguntó el Duque—. Si lo hay, por favor, házmelo saber.

—No quisiera parecer ingrata ni impertinente —masculló la Jirafa—, pero tenemos un problema bastante agobiante. Los tres estamos realmente hambrientos. Llevamos varios días sin comer.

—¡Mi querida Jirafa! ¡Qué desconsideración la mía! ¡Aquí la comida no constituye ningún problema!

—Me temo que el asunto no es tan fácil de resolver —respondió la Jirafa—. Mire usted, a mí, por ejemplo, me ocurre que…

—¡No me lo digas! —exclamó el Duque—. ¡Ya lo sé! Soy un experto en animales de África. En cuanto te vi supe que no eras una jirafa común y corriente. Eres de la variedad geraniácea, ¿no es así?

—Está usted absolutamente en lo cierto, Señor Duque —dijo la Jirafa—. Pero el inconveniente que tenemos es que únicamente comemos…

—No necesitas decírmelo —dijo el Duque—. Sé perfectamente bien que una jirafa geraniácea sólo puede comer un tipo de alimento. ¿No estoy en lo cierto si afirmo que las flores rosadas y purpúreas del árbol del retintín constituyen su única dieta?

—Sí —suspiró la Jirafa—. Y ése ha sido mi gran problema desde que llegué a estos pagos.

—Ése no es ningún problema aquí, en Hampshire House —dijo el Duque—. Echa un vistazo, mi querida Jirafa, y encontrarás la única plantación de retintines que hay en todo el país.

La Jirafa echó un vistazo. Un grito de estupefacción se ahogó en su garganta. En un primer momento el asombro le impidió hablar. Grandes lágrimas de alegría comenzaron a rodarle mejillas abajo.

—Sírvete —dijo el Duque—. Come todo lo que quieras.

—¡Ay, mi alma bendita! —dijo entrecortadamente la Jirafa—. ¡Ay, por mi cuello sin fin! ¡No puedo creer lo que estoy viendo!

Instantes después galopaba a toda velocidad a través de los prados relinchando de excitación, y lo último que vimos de ella fue su cabeza zambulléndose entre las matas de hermosas flores rosadas y purpúreas que adornaban las copas de los árboles que la rodeaban.

—En cuanto al Mono —prosiguió el Duque—, creo que también le gustará lo que voy a ofrecerle. Por toda mi finca hay miles de hermosos árboles con nueces…

—¿Nueces? —gritó el Mono—. ¿Qué clase de nueces?

—Nueces de nogal, por supuesto —dijo el Duque.

—¡Nueces! —exclamó el Mono—. ¿De verdad? ¿No estará usted bromeando? ¡No puede hablar en serio! He debido de oír mal…

—Precisamente allí hay un nogal —dijo el Duque, señalándolo con el dedo.

El Mono salió disparado como una flecha, y unos segundos más tarde estaba ya encaramado a las ramas del nogal, rompiendo cáscaras y engullendo su interior.

—Sólo falta el Peli —añadió el Duque.

—Sí —dijo el Pelícano algo nervioso—, pero me temo que lo que yo como no crece en los árboles. Sólo como pescado. ¿Sería demasiado engorroso, me pregunto, si le pidiera diariamente una razonable ración de bacalao o de pescadilla?

—¡Pescadilla o bacalao! —repitió el Duque, escupiendo las palabras como si le dejaran mal sabor de boca—. Querido Peli, echa un vistazo allí, en dirección al sur.

El Pelícano dirigió su mirada a través de la extensa propiedad, en dirección al punto señalado, y a lo lejos divisó un ancho río.

—¡Ése es el río Hamp! —gritó el Duque—. ¡El mejor río salmonero de toda Europa!

—¡Salmón! —chilló el Pelícano—. ¡Salmón! ¿Seguro que no son truchas?

—¡Está lleno de salmones! Y me pertenece. Puedes ir y despacharte a gusto.

Antes de que hubiera terminado de hablar, el Pelícano estaba ya en el aire. El Duque y yo lo observamos alejarse a toda velocidad hacia el río. Lo vimos trazar círculos sobre el agua hasta que de pronto se zambulló y desapareció. Instantes después volvía a estar en el aire y llevaba un gigantesco salmón en el pico.

Me quedé a solas con el Duque en el prado, al lado de su gran mansión.

—¿Y bien, Billy? —me dijo—. Me alegro de que estén todos satisfechos. Pero ¿y tú, muchacho? Me pregunto si no tendrás tú también un capricho personal que satisfacer. Si es así, me encantaría que me lo dijeras.

De pronto noté un hormigueo en los dedos de los pies. Sentí como si algo formidable fuera a pasarme en cualquier momento.

—Sí —murmuré con nerviosismo—. Tengo un pequeño deseo muy especial.

—¿Y cuál es? —dijo amablemente el Duque.

—Hay una vieja casa de madera cerca de donde vivo —le dije—. Se llama El Empachadero, y antiguamente fue una confitería. Siempre he deseado que algún día viniera alguien y la convirtiera otra vez en una nueva y maravillosa confitería.

—¿Alguien? —bramó el Duque—. ¿Qué quieres decir con alguien? Tú y yo haremos eso. ¡Lo haremos juntos! La con-

vertiremos en la más maravillosa confitería del mundo. ¡Y tú, muchacho, serás su dueño!

Cada vez que el anciano Duque se enardecía, sus enormes bigotes se le erizaban y brincaban. En esta ocasión le brincaban arriba y abajo de tal modo que parecía que tenía una ardilla en la cara.

—¡Por Angus, caballerete! —gritó agitando su bastón—. ¡Iré a comprar ese sitio hoy mismo! Luego nos pondremos manos a la obra y lo tendremos listo en un santiamén. ¡Espera y verás qué locura de confitería nos va a resultar ese empachadero tuyo que dices!

Fue asombroso lo rápidamente que empezaron a su-
cederse las cosas desde entonces. No hubo ningún problema en comprar la casa, ya que pertenecía a la Jirafa,
al Pelícano y al Mono, quienes insistieron en regalársela al
Duque.

Luego se instalaron allí albañiles y carpinteros que re-
construyeron todo el interior, de modo que volvió a tener
tres pisos. En los tres pisos instalaron muchas estanterías,
hasta alcanzar una gran altura, por lo que había escaleras
para poder llegar hasta las de más arriba, y cestas para trans-
portar lo que se compraba.

Más tarde, dulces, chocolates, caramelos masticables y otras delicias comenzaron a proliferar hasta ocupar todas las estanterías. Llegaron por vía aérea, de todos los países del mundo, las más exóticas y deliciosas golosinas que pueda uno imaginarse.

Había Cosquichicles y Espumisodas de China, Soflidulces y Chocopíldoras de África, Crujichupes y Golosorbetes de las Islas Fiji, y Regalambres y Cremascables del País del Sol de Medianoche.

Durante dos semanas continuó la invasión de cajas y sacos. Ya no puedo recordar todos los países de los que procedían, pero podéis estar bien seguros de que en cuanto desempaquetaba cada envío, yo lo etiquetaba con todo cuidado. Me acuerdo especialmente de las Pralinetas Gigantes de Australia, cada una con una roja y jugosa fresa oculta dentro de su crujiente forro de chocolate…, y de los

Chiribitoffees Eléctricos, que te ponían de punta los pelos de la cabeza en cuanto te los metías en la boca… Y había Carambanillos de Jalea y Bocanatas Efervescentes y Tartaletas de Sorbete y Ajonjolines Espolvoreados; e igualmente había todo un muestrario de espléndidos productos de la gran fábrica Wonka, por ejem-

plo, sus famosas Pastillas del Arco Iris de Willy Wonka, que se chupan y uno puede escupir en siete colores diferentes. Y sus Pegamandíbulas, para padres habladores. Y sus Mentabarras, capaces de dejarle a tu amiguete los dientes verdes durante un mes.

El día de la Gran Inauguración decidí permitir a todos mis clientes que se sirvieran lo que quisieran, todo gratis. Así que el establecimiento quedó tan atestado de niños que apenas se podía uno mover.

Las cámaras de televisión y los reporteros de los periódicos estaban todos allí, y el anciano Duque en persona observaba la maravillosa escena desde la calle, acompañado por mis amigos la Jirafa, el Pelícano y el Mono. Yo salí de la tienda para acompañarlos durante un momento y les llevé a cada uno una bolsa de selectos dulces surtidos como regalo.

Como el tiempo era más bien frío, al Duque le llevé algunos Chamusquetones que me habían llegado desde Islandia. La etiqueta decía que se garantizaba que la persona que los saboreasе entraría en calor como un infiernillo, aunque estuviera desnudo en el Polo Norte en mitad del invierno. En cuanto el Duque se metió uno en la boca, los agujeros de la nariz del veterano aristócrata comenzaron a expulsar un humo denso en tales cantidades que llegué a creer que sus bigotazos habían prendido fuego.

—¡Formidable! —exclamó, dando saltos—. ¡Un género de primera! Me llevaré a casa una caja.

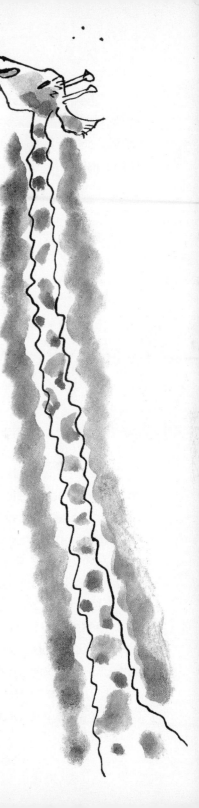

A la Jirafa le llevé
una bolsa de
Dulcesencias
de Oriente.
La Dulcesencia
es un confite
extraordinariamente
delicioso que
se hace en algún
lugar próximo
a La Meca, y en
el momento
en que se muerde,
todos los
perfumados
néctares de Arabia
se vierten garganta
abajo uno detrás
de otro.

—¡Es maravilloso! —exclamó la Jirafa cuando una cascada de deliciosos aromas líquidos se derramó por el interior de su larguísimo cuello abajo—. ¡Sabe incluso mejor que mis flores favoritas de color rosa y púrpura!

Al Pelícano le llevé un gran paquete de Pistachiflos. Los Pistachiflos, como probablemente sabéis, los compran los niños que no son capaces de silbar una canción mientras caminan por la calle, por mucho que lo intenten. Surtieron un espléndido efecto en el Pelícano, pues después de meterse uno de ellos en el pico y masticarlo durante un momento, pronto se puso a cantar como un ruiseñor. Esta circunstancia lo entusiasmó, ya que los pelícanos no son aves cantoras. Con anterioridad no se sabía de ningún pelícano que hubiera sido capaz de entonar una melodía.

Al Mono le di una bolsa de Torrantes del Diablo, esos pequeños y poderosos dulces que no está permitido vender a los niños menores de cuatro años.

Después de chupar un Torrante del Diablo durante un minuto, le prendes fuego a tu aliento y puedes lanzar al aire una imponente llamarada.

El Duque puso una cerilla encendida delante de la boca del Mono y le ordenó:

—¡Sopla, Mono, sopla!

Cuando éste lo hizo, una gran llama anaranjada se elevó hasta el tejado del edificio de El Empachadero. Resultó maravilloso.

—Ahora os tengo que dejar —les dije—. Tengo que irme a la tienda a atender a mis clientes.

—También nosotros nos tenemos que ir —dijo la Jirafa—. Tenemos que limpiar un centenar de ventanas antes de que se haga de noche.

Me despedí del Duque y luego me despedí, uno por uno, de los tres mejores amigos que nunca he tenido.

En un instante, todos nos quedamos muy callados y melancólicos, y pareció que el Mono estaba a punto de llorar cuando se puso a cantarme una cancioncilla de despedida:

En mi garganta hay un nudo,
despedirme se hace duro.
¡Y es que conocerte nos encantó!

Los tres te estamos rogando,
ven a vernos de vez en cuando.
¡La Jirafa, el Pelícano y yo!

Conseguirás que estemos contigo
cuando abras de nuevo este libro.

¡Siempre estaremos aquí éstos y yo!
Pues no hay libro que sea aburrido
si están dentro de él tus amigos,
¡la Jirafa, el Pelícano y yo!

ROALD DAHL nació en 1916 en un pueblecito de Gales (Gran Bretaña) llamado Llandaff en el seno de una familia acomodada de origen noruego. A los cuatro años pierde a su padre y a los siete entra por primera vez en contacto con el rígido sistema educativo británico que deja reflejado en algunos de sus libros, por ejemplo, en *Matilda* y en *Boy*.

Terminado el Bachillerato y en contra de las recomendaciones de su madre para que cursara estudios universitarios, empieza a trabajar en la compañía multinacional petrolífera Shell, en África. En este continente le sorprende la Segunda Guerra Mundial. Después de un entrenamiento de ocho meses, se convierte en piloto de aviación en la Royal Air Force; fue derribado en combate y tuvo que pasar seis meses hospitalizado. Después fue destinado a Londres y en Washington empezó a escribir sus aventuras de guerra.

Su entrada en el mundo de la literatura infantil estuvo motivada por los cuentos que narraba a sus cuatro hijos. En 1964 publica su primera obra, *Charlie y la fábrica de chocolate*. Escribió también guiones para películas; concibió a famosos personajes como los Gremlins, y algunas de sus obras han sido llevadas al cine.

Roald Dahl murió en Oxford, a los 74 años de edad.

ALFAGUARA
CLÁSICOS

MATILDA

Todo el mundo admira a Matilda menos sus mediocres padres, que la consideran una inútil. Tiene poderes maravillosos y extraños que la ayudarán a enfrentarse a ellos…

LA MARAVILLOSA MEDICINA DE JORGE

Jorge está empeñado en cambiar a su desagradable abuela y ha inventado una maravillosa medicina para hacerlo pero nada resulta como él esperaba.

¡JAMES Y EL MELOCOTÓN GIGANTE

James vive con sus dos tías que le hacen la vida imposible. Pero un día, montando en un melocotón gigante, James inicia un increíble viaje por todo el mundo.

CHARLIE Y EL GRAN ASCENSOR DE CRISTAL

El Sr. Wonka ha cedido a Charlie su fabulosa fábrica donde hay un ascensor de cristal muy especial que le llevará al espacio. Allí vivirá maravillosas aventuras.

CHARLIE Y LA FÁBRICA DE CHOCOLATE

El Sr. Monka ha escondido cinco billetes de oro en sus chocolatinas. Quien los encuentre será el elegido para visitar con él su fantástica fábrica de chocolate. ¿Los encontrará Charlie?

LAS BRUJAS

Las Brujas están celebrando su Congreso Anual y han decidido aniquilar a todos los niños. ¿Conseguirán vencerlas el protagonista de nuestra historia y su abuela?